KB259809

개화

개화
양채영 시집

초판 인쇄 | 2009년 5월 10일
초판 발행 | 2009년 5월 15일

지은이 | 양채영
펴낸이 | 신현운
펴는곳 | 연인M&B
디자인 | 이희정
기 획 | 여인화
등 록 | 2000년 3월 7일 제2-3037호
주 소 | 143-874 서울특별시 광진구 자양동 680-25호(2층)
전 화 | (02)455-3987 팩스 | (02)3437-5975
홈주소 | www.yeoninmb.co.kr
이메일 | yeonin7@hanmail.net

값 7,000원

ISBN 978-89-6253-025-4 03810

개화

양채영 시집

연인 M&B

| 自序 |

황혼 무렵 할 얘기도 많겠으나 넋두리에 그칠 터, '건강한 몸
으로 좋은 시를 쓰고 싶다' 는 게 나의 생각이다.

이 시집에 실린 시편들은 최근의 것도 있지만 2003년 전후의
시편들이 많다.

꽃, 하늘, 새, 바다, 강물, 가을. 그것들은 흐름의 표상이자 영
원과 수유가 맞닿아 있는 모습이고 색채가 아닐까 한다.

이런 것들에 대해 더 깊이 쓰고 싶다.

이 시집이 나오도록 도와주신 모든 분들께 깊이 감사드린다.

2009. 3. 신춘
양채영

| 차례 |

1. 꽃

2. 아득함

3. 흔적

| 해설 |

1. 꽃

개화 1

꽃망울 부풀면 걱정된다
꽃 피면 며칠 있지 않아
꽃이 질 텐데
그래도 꽃이 피고
세상은 환하게 꽃 속에 파묻힌다
며칠 있지 않으면 꽃이 질 텐데
바람이 불고 낙화가 분분하다
허무하다 허무하다
꽃잎 속에서 나부낀다
꽃망울 부풀면 환한 세상
누가 겨울의 어둠을 물어보기나 했나
어느새 꽃은 피고 꽃은 지고
땅과 하늘은 중천에 꽃망울을 만든다.

쑥대밭에 앉아서

봄 四月 양지바른 쑥대밭에 앉았다
묵은 쑥대들이 넘어지고 부서져
쑥대밭이 되었다
어디선가 멀리 쑥구기가 울고
호수의 물결이 반짝여 눈부시다
내가 앉은 자리에 파아란 쑥들이
떼지어 떼지어 솟아오르고……
이 봄 몸져누워 있는 이들은
그것이 사랑이든 아픔이든
저 밀려오는 물결의 반짝임이나
푸른 쑥들의 아우성을 들었으면 한다.

개화 2

태초에 향기로운 세상이 쫙 열리면
나의 이름과 네 향기를 기억하고 싶다
지번 지목은 알 수 없어도
하늘과 땅 사이에 네 향기로운 모습이 있어
세상 사람들 모두 은혜롭다
알 수 없는 환한
길을 열어 놓아 아득한 강물이 흐르고
바람이 불고
벌 나비들을 날게 한다.

치자꽃

五月 뜨락에 하얀 치자꽃
통통하게 살이 오른 육질의 꽃잎
볼록하게 불거진 꽃술의 불두덩
꼭 다문 입술에 이슬이 물려 있다

하늘 한가운데 뜨락이 있고
뜨락 한가운데 하얀 치자꽃
치자꽃 한가운데 더운 불두덩
더운 불두덩 속에 이슬
이슬 속에 내가 있다.

환한 철쭉꽃

뜨락에 철쭉꽃이 환하게 피었다
환해서 모든 것이 다 보인다
환해서 모든 걸 갖고 말한다
조심스레 철쭉꽃 옆에 선다
사진사가 없어도 단정히
옷매무새를 고친다
너의 눈 너의 가슴
너의 웃음이 모두
꽃 가운데 환하게 찍힌다.

八月 禪雲寺 동백숲

八月 禪雲寺 뒷산 동백숲은
독경삼매에 적막이듯
더운 햇볕보다 따갑게
진초록으로 반짝거린다

禪雲寺 모래뜨락에 서면
유난히 키 큰 목백일홍이
선홍빛으로 하늘거려
덜컹 죄지은 일이 아득해
더 빽빽이 산을 메운 동백숲

동백숲은 잎새마다 가지마다
수천수만의 성불 중인
꽃망울들을 받들고
붉게 붉게 열리는 환한
사바의 봄을 기다린다

문득문득
동백숲 위를 흐르는
구름 그림자.

춘란(春蘭)

우수 경칩께
뜨락에 내놓은 춘란이
하얗게 긴 목을 뽑아 피었다
어디선가 벌들이 날아와
춘란 푸른 잎을 헤집고
꽃 속에 머리를 박는다
그저 고개를 끄덕거렸다

오늘은 비 섞은 싸락눈이 내려
난분 옆에 쪼그려 앉아 본다
푸른 난잎에 또 여린 꽃잎에
싸락눈의 몸 섞는 소리가
왼 뜨락에 하얗게 차오른다
어느새 아득한 난꽃 한 송이가…….

원추리 꽃

장마 끝에 확 핀
원추리 꽃이 눈부시다
멀리 떠나는 천둥소리 끝에
노오란 원추리 꽃의 귀 기울임
노오란 것과 아득한 것과
그것들이 함께 다가서는
이 더운 대낮
어디 근심 걱정
묻어둘 자리는 없나
망우초 흔들리는
가녀린 꽃그늘에나 둘까
매미 울음 속에나 묻어둘까
잊자 잊자 해도 아른거리는
노오란 원추리 꽃의 하늘거림
그 끝에 먼먼 천둥소리.

* 망우초 : 원추리 꽃의 별칭.

붉은 장미의 말

네가 건네준 붉은 장미 한 송이
네가 하는 말은 붉다 입 다문 채
네가 보내는 눈빛은 뜨겁다 가시 돋친 채
네가 주는 느낌은 달아오른다 냉담한 채
너는 몰래 불과 통해
번개 벼락과 닿아 있다

붉은 장미를 바라본다
너는 깊은 주술의 항아린가
검은 독약의 아득한 적막인가
별안간 사막의 회오리바람
너는 소리 죽여 흐느끼는 향기로
박힌 기둥의 모든 세상을
뒤흔들리게 한다
내가 이렇게 붉게 흔들리듯이……

호숫가에 벚꽃이

호숫가에 벚꽃이 피었다
물속에도 벚꽃이 피었다
누군가 올 듯한 기다림으로
벚꽃들은 호숫가를 돌며
팔락팔락 나부낀다
물속에서도
팔랑팔랑 출렁거린다
바람은 말할 것도 없고
호수는 꽃빛으로 울렁거린다.

늘 숲 속엔

늘 숲 속은 무성해 어둡다
숲 속엔 샘이 솟아나
모든 것이 태어난다
숲 속엔 뱀이 있어
유혹으로 꿈틀거린다
숲 속엔 새와 짐승이 살아
노래와 신음소리가 들린다
숲 속엔 나비와 꽃이 있어
향기롭다
모든 것이 뒤섞여 꿈틀거리는 숲
천둥 번개가 칠 때에야
숨막히는 하나의 길이 보인다.

2. 아득함

여리고 가는 흰 눈발의 흔적

커다란 콘크리트 벽에
내린 듯 만 듯 나풀거리는 눈발
눈발이 닿은 듯 만 듯
콘크리트 벽은 무심할까
볼을 간질이듯 제살을 부비면
콘크리트 벽은 스르르 눈을 감을까
가는 실처럼 흩날리는
네 섬세한 차가움에
콘크리트는 어느 결에
더 경직되고 꽝꽝 얼고
움직일 수 없는 위엄이 된다
그래도 나는 확신해
나부낌은 한낱 그리운 몸짓인데
강물도 얼고 내게 다가오던
어린 숨결도 저만치서
날카로운 고드름으로 나를 겨눈다
내 목덜미를 간질이며 흩날리던
눈발이여 눈발이여.

혼자 남아

혼자 남아
모두가 떠난 빈 곳에
어느새 초록잎의 나뭇잎들이
가득히 차오르고
보이지 않던 하늘이
눈높이까지 내려와 있다
나는 또 혼자인 것을 잊고
나뭇잎을 만지작거리며
몰래 스미는 향기를 맡으며
가득차 있는 물건들의
이름들에 매달려 있다
지금쯤 그 비어 있는(아니지) 바다는
혼자 무얼 하고 있을까
혼자 푸르다 푸르다 중얼거리고 있을까

그 이틀 낮

2004년 11월 30일
大餘님 빈소 영정 앞에서
'선생님!' 하고 소리내어 불러 본다
눈물이 핑 돌아 그만
만수향 한 가닥 잡는 손이
촛불처럼 흔들렸다
큰 뿔테안경 속의 형형한 눈빛
특유의 콧수염과 수줍은 웃음
숙인 고개 밑으로 하얀 깃
검은 나비 한 마리가 날고 있다.

2004년 12월 1일
경기도 광주 공원묘지는
건조한 이스라엘의 고원 같았다
흰 바위너설과 쌓아올린 축대들이
수많은 성채처럼 빛났다
8부 능선쯤일까
잠시 슬픔의 적막이 놓이고
겨울 같지 않은 햇살 속에
텅 비어 있는 山頂

선생님은 검은 나비 한 마리 데리고
콧수염 밑으로 부끄러운 듯
혼자 웃고만 계셨다.

아무도 없는 바닷가

아무도 없는 바닷가
저 수많은 푸른 얘기와 군중의 발
그들의 발자국은 흰 모래알 속에
그들의 종아리는 바다 물결에 출렁거린다
그들은 왜 아무도 없는 곳에
몰려와 있을까
그들은 왜 이 빈 곳에
가득한 말로 있을까
물결은 자유롭고 푸르다
하늘은 아득히 비어 있고
모래알은 그 수를 헤아릴 수 없다
바람은 거침없이 불고
내리꽂히다 솟구치는 새
슬픔이 나타났다 사라지는 곳
설렘이 일어나다 막막해지는 곳
말로만 가득한 바다
말도 없이 아무도 없는 바닷가.

가을의 빛과 바람

가을 산비탈에 서 있는 낙엽송
비탈에 서 있어 더 커 보이는 나무
무언가 쏟아질 듯 두근거린다
수척한 나뭇가지 사이로 넓어지는
하늘이 더욱 허전한 할 말이 많다
아직 살갗 냄새가 덜 사그라진
저 무욕의 빈 전답 위 한 차례 바람
골똘히 혼자 어디론가 걷고 있는 길
모두 모두 손을 놓아버린 것들이
빈 것들이 가득히 괴어 있는
이 적막한 산야의 향기와 빛
서로 잊어버린 것들 사이에 가로놓인
이 거대한 빛과 바람의 실루엣.

날아간 새의 뒷자리

고층 아파트 사이로
새 한 마리가 휙 날아갔다
누구의 가슴속을 지나
누구의 눈 속으로 사라져 갔을까
새가 지나간 속엔
푸른 하늘이 남아 있고
새를 생각하는 내가 남아 있고
거대한 아파트의 콘크리트가 남아 있다
늙은 아버지와 어머니의
먼 눈길이 남아 있고
병원과 쓰레기
연꽃과 포인세티아
그것들 틈바귀 사이로
노부부가 손이 닿을 듯 말 듯
천천히 걸어간다.

어느 陶工의 손끝에

소나무 꼭대기의 어린순
가장 밝고 맑은 눈을 가진
저 푸른 정기가 있어
보일 듯 보일 듯
구름에 닿았다가
바닷속에 내려앉았다가
빛을 쬐고 바람을 쐬고
학을 따라 푸른 하늘을 떠돌다가
그래도 몸의 독이 다 빠진 뒤에야
어느 陶工의 손끝에 닿아
티 없는 구름이 되고 학이 되고…….

막막하게 걷고 싶다

모래바람에 깎여 있는
붉은 살의 토성
석굴의 무너진 턱
혼자 앉아 있는 돌부처의 어깨에
불붙어 타는 西域 저녁놀
그것들을 내왕하는 바람 속으로
아득한 말 속으로 속으로
막막하게 걷고 싶다

문득 내 이마에 다가서는
푸른 호수와 차가운 설산
닳아진 풀밭과 염소뿔 위로
열려 있는 거울 궁전
내가 나를 바라보면서
저 비스듬히 허물어진 것들의
둥글게 남아 있는 기슭으로
막막하게 걷고 싶다.

잊어버린 곳의 하늘

그들이 잊어버리고 떠난 곳에도
하품이 남고 기적소리가 들린다
옥잠화가 피고 바람이 분다
나뭇잎이 팔락이는 허공 속으로
그들의 이름을 생각하지만
나도 어느새 그들의 이름을
까마아득히 잊어버렸다
그들이 나를 잊어버린 허공과
내가 그들을 잊어버린 허공이 겹친 곳에
무슨 블랙홀 같은 것이 있는지
화석이 된 기억들이 박혀 있는지
가을 하늘은 더 높푸르고 깊다.

시간의 무게 2

커다란 바위가 있다
언제부터 거기 와 있었는지 아무도 모른다
누군가 알지도 모른다
말하지 않아도 말하는 듯 아주 검다
여름 바람이 획 지나간다
바위가 좀 나부끼듯 하다 잠잠하다
바위 옆에는 나무가 서 있다
나무는 바위의 침묵을 듣고
바위는 나무의 잎들을 몸에 새긴다
강물이 바위 속으로 흘러든다
바위는 다람쥐가 노는 모습을 멍청이 바라보며
작은 몸짓을 흉내내고 있다
누구든 다가서면 소곤거리는 바위
그 속에는 참으로 오래된 말이 들어 있다.

가을 바람

이 가을 친구와의 약속에서 바람맞고 나와
올려다보는 가을 하늘은 어찌 그리 더 높고 휭하니 비어
있는지
앞산 중턱에 갈참나무숲들도 누르스름
중천을 날아오르려는 듯 몸무게를 줄이지만
그래도 하늘은 너무 아득하게 비어 있다
지상의 모든 것들은 바람맞아 모두
허공중으로 떠오를 준비에 텅텅 속내를
비우려 한다
비어 있는 곳의 저 아리고 아린 바람처럼
누가 저 바람의 빛깔이나 몸체를 짐작이나 하려나
그들이 어디로 불어 갈지 허허막막함만 짐작된다.

處暑께

칠월 장맛비가 지나고
쓸려 나간 시냇가에
낯선 돌무더기들이 쌓이고
돌미나리와 박주가리 덩굴꽃이
하얗게 하얗게 피어 있다
물 가운데 드문드문 흰 왜가리가 머춤히
그 머리 위로 고추잠자리가 떠 있다
하늘엔 새털구름이 멀고
고향 검게 탄 산비탈 허리춤에
비실히 누운 메밀꽃밭이 희끗거린다
아무래도 누군가 서운히 떠날 모양이다.

어디론가 날아가는

나뭇잎 지고
하늘에 덩그러니
남아 있는 까치집이 춥다
벼 벤 논이 한량없이 널려
내 무슨 죄라도 진 듯
우두커니 그저 우두커니
철조망도 없는
빈 들녘끝 흰 갈대풀 너머
어디론가 날아가는
새 떼를 본다
어디선가 타고 있을
불길을 본다.

冬天의 별 하나

미당의 동지섣달 매서운 새는
冬天의 밤하늘을 비끼어 갔다
그 막막한 빈자리에
아득한 별 하나
불덩이 같다가도
꽃덩이 같이 환한 별
별의 이름을 내가 지어줄까
뒤돌아보는 깊은 눈빛 같이
겨울밤 하늘의 먼먼 길
언제쯤 내게 와 닿을까
흰 눈발에 묻어서
자작나무숲에 와 내릴까
자작나무숲에 와 내릴까.

물 위를 나는 새는 더 아름답다

꿈으로 가는 길인가
스스로를 바라보며 나는 새
날개의 물결에 물결이 빛나고
물결 저 너머 깊은 곳에
잉어와 연어 떼가 날고 있다

사람과 집들이 거꾸로 된
참 아름다운 세상의 물결을
물 흐르듯 물속을 날아가는 새
아우성도 총소리도 물결에 잠겨
들릴 듯 사라지는 한 가락 절창

물 굽이굽이 휘돌아 흐르는 새
폭포수로 떨어지다 솟구쳐 오르는
산도 숲도 하늘 한복판
아! 푸르게 푸르게
저 물속을 날아가는 새.

장맛비

40

장맛비가 쏟아지면 막막하다
두려울 것도 없는데 가슴이 두근거린다
혼자인 것 같아 서럽다
쏟아지는 빗줄기처럼
누군가 거침없이 떠나가려나
강둑이 터지고 산사태 무너지고
가슴을 치며 호곡한들 이메일도 끄고
핸드폰도 접고 전화선도 끊고
둥둥 강물에 휘말려 떠나가려나
밤새 뜬눈으로 빗줄기를 세어도
장맛비는 퍼붓고
천둥 번개는 막무가내로 내리친다
벼락치듯 누군가 배반하려나
이 무서운 검은 적막에
나도 빗줄기처럼 퍼붓는다.

이름 모를 한 마리 새

이름 모를 한 마리 새
아름답고 고운 목소리의 새
우리가 모르는 사이
산과 숲과 바람은
저 한 마리 고운 새를 길렀다

새가 날아다닌 자리에
햇빛이 엉기고 비가 내리고
천둥 번개가 부서지고
그게 또 우리의 꿈으로 다가와
네 노래와 숲이 되었다

숲에 들어서 보면
저 하늘과 새의 울음소리가 들리고
숲과 무지개가 있던 자리에
손을 흔드는 아기가 있고
너의 빛나는 눈빛이 부신다.

먼 遠雷

어제 未堂 떠나시고
정월 초하루
맑은 아침 햇살 속
창에 기대앉아
'꽃밭의 獨白'을 읽노라면
門 열어라 꽃아. 門 열어라 꽃아,
아침마다 개벽하는 꽃의
저 門 열리는 소리 들리고
정초 아침 환한 꽃향내도
책장에 미동하는
작은 떨림이 되어
빙그레 웃으시는 웃음이 되어
가까스로 일렁이는 먼 遠雷.

* 꽃밭의 獨白 : 未堂의 시집 『新羅抄』에 있는 시.
* 門 열어라 꽃아. 아침마다 개벽하는 꽃 : 그의 시구.

내 간절한 생각이 하나

七月 중복께 여행길은 덥다
보리밥집 뜰에서 잎이 떠난
적적한 자리에 실한 상사화 꽃대궁들이
쑥쑥 올라와 있다
지금이 상사화 피는 계절인가……
七月은 끓고 힘이 솟구치는 달이다

다음날 아침 내 뜨락엔
몇 년째 기별이 없던
상사화 허연 꽃대궁들이 솟아 있다
매미들이 힘껏 울어 젖히고
꽃대궁 둘레로 이글거리는 하늘
거기에 내 간절한 소망이
하나 가득히 묻어 있었는지…….

아무 마음 없이

집채만한 바위가 저렇게 부드럽고
오묘하게 패이고 다듬어졌다
물이 흐르고 바람이 불고
깎여지고 뚫리고 붕긋 솟아오른 바위
둥그렇게 파인 곳이나 물결을 이룬
바위 어느 구석에도 물과 바람의
마음 흔적은 묻어나지 않는다
보이지 않는 마음의
너무 크고 부드러운 흔적
아무 마음 없이 흐르고 부는
저 또 한세상.

저 황황히 다가서는 빈 곳에

유월도 지나고
칠월 장마가 진다는 때
불볕더위 속에 시내버스를 내리고
하늘을 우러르니
저 불덩이가 콱 가슴을 누른다

아무도 없는 사막에 혼자
나는 모래알보다 가볍다
이름도 관능도 다 잊어버려야지
쓸데 없는 논쟁도 팽개쳐야지
아! 저 황황히 다가서는 빈 곳에
확 누군가가 서 있다
맨 가슴으로 만나야지
이제 빗방울이 조금씩 떨어진다
나는 빗방울 속을 걸어간다
천둥 번개를 기다리며…….

흐르는 강물

햇빛을 꺼안고 반짝이는 수천의 날개
막힘없이 흐르는 곳에 푸르름이 있고
무슨 힘이 저렇게 출렁거리고
소용돌이치는 곳에
너의 깊이를 알 수 없는 아우성이
우리의 막히고 닫힌 가슴에
훠이훠이 물새가 날아간다

흐르는 강물
저 물속에 물살보다 빠른 물고기 떼
저 물속에 물결보다 어귀찬 힘
그 물살을 따라가면
산이 솟아오르다 잠기고
굽이치는 들판이 있고 마을이 있고
우리들의 푸르른 세상이 있다
아! 흐르는 길 흐르는 푸르른 날개.

저 잊어버린 것들

누가 무슨 말을 했더라
누가 언제 눈짓을 했더라
힐끔 뒤돌아보니
가을 바람 불어
모두 모두 흩어지고
자꾸 비어가는 곳에 쌓이는
저 잊어버린 것들
저 잃어버린 것들
너는 내 가슴에
나는 네 눈빛에
이리저리 흩날리는
붉고 노란 낙엽들…….

조금은 슬픈 듯한

노을 지는 바다는
모든 걸 잊고 싶어하는 걸까
모든 걸 갖고 싶어하는 걸까
작은 방문들을 열어 놓고
둥근 해가 바다 속으로 들고
바람은 조금씩 바다를 다독거린다
돌아오는 고깃배들이 갈매기들이
그 깊은 노을 속을 저어오면
바다는 몸을 뒤척이며
지친 배를 껴안고
찬란한 빛이 된다
조금은 슬픈 듯한…….

적요

저 높은 하늘에서
나뭇잎이 뚝 떨어져
강물은 더욱 깊어진다
조용히 걷는 발길에도
몰래 잦아지는
땅속 숨결이 조심스럽다
쌀쌀한 바람 불 적마다
잎 진 수목들의 기침소리가
마른 풀섶의 수군거림이
어디론가 흘러가는 이들을
소스라치게 한다.

눈이 올라나

첫눈이 올 듯 날이 흐리다
낮고 마른 풀덩굴 사이로
작은 멧새 떼들이 솟아올랐다
덩굴 속으로 잠긴다. 일제히……
먼산 낙엽송 숲이 더 노랗게 보이고
재잘거리는 멧새 떼 소리에
어릴 때 띄워 보낸 꿈들이
당도할 듯 기다려진다
이 겨울 김치가 익고
메주가 뜨는 사이
막막한 기다림의 꿈은 저 혼자
한 송이 눈발에 묻어
흰 산천에 내 머리 위에
우체함 위에 하얗게 내릴 듯…….

산의 말

우리들이 다가서는 데도
말 없이 솟아 있다
너무 아득해선지
우러러보일 뿐
너무 커선지
텅 비어 있어
너무 울울해선지
빠져나갈 수 없다

너무 깊어선지
무엇이 있는지……
너무 무거워선지
흐르지 않는다

산발치에는 패랭이 꽃
정수리에는 흰 구름
그 사이로 날아가는 새
우리들이 떠나가는 데도
그저 솟아 있다
산이 사라질 무렵
조금씩 들리는 말.

빈 가을 저녁나절

아무도 오지 않은 빈 가을 운동장에
샐비어 꽃이 빨갛게 피어 있다
커다란 플라타너스 잎새가
저 혼자 바스락거리며 빈 걸 채운다
어디선가 빈 공간에서
전화를 걸고 있을 사람이 보인다
아버지와 어머니의 소식을 알 길 없는
뚱뚱한 어린 사내아이가 열심히 자전거를 탄다
저 기억의 높은 고개 위로
은빛 자전거가 달린다, 달린다
어느 먼 훗날 저 붉은 샐비어 꽃에
가슴을 댄 한 중년이 낙엽을 밟으며
빈 것보다 더 무겁게 느릿느릿 걸어간다.

그의 몸짓

꽃이 필 때
그는 꽃보다 화사하게 피어
맘껏 하늘거렸다
비가 올 때
그는 빗줄기처럼
내 몸을 휘감고
속속들이 젖어왔다
바람이 불 때
한량없이 나부끼며
내 가슴속을 파고들었다
어디론가 떠나갔다.

푸르른 바다

확 가슴으로 달려드는
네 푸르른 치마
말할 겨를도 없이
나는 네 치마폭에 파묻혀
몽롱한 채 침몰한다
해감내며 갈매기 소리
모래에 슬리는
환한 네 치맛결
심해에서 불쑥 솟아오르며…….

五月의 강물

오월에 밀려오는 연초록의
네 물결은 연해서 아름다운가
네 향기로운 살결에 깔깔대며
미끄러지는 부신 햇살의 사태
악수하고 눈맞추고 껴안고 입맞추며
출렁거리는 네 가슴은 꽃잎인가
너를 바라보고 있는 가슴에 눈에
숨가쁘게 가쁘게 고여오는
아! 푸르른 나비 떼.

어느 가을 아침 하늘

상사화 허연 꽃대궁들이
쭉쭉 뻗어 올라간
저 끝 하늘은 신성하다
그 뜨락 한쪽에서
허리를 뒤로 젖히면서 맨손체조를 한다
푸르고 투명한 하늘이 확 가슴에 얹힌다
흰 새털구름이 깃을 휘날리며 날아오고 있다
아! 그 고분벽화에서 만났던
玄武朱雀의 피어오르던
고구려의 기운 같다
구름 한 조각이 흐르는 것에도
왜 이리 가슴이 두근거리나.

망연히 앉아 있을 때

아무도 없는 빈 곳에
그저 망연히 앉아 있으면
아무것도 없는 자들이
아무것도 없는 것들과 얼려
거대한 사물로 내 앞에 다가와 앉는다
소리 없이 조용하고 단정하게……
무료한 나는 눈으론지 가슴으론지
그것들을 뒤적여 보는 일이 즐겁다
풀꽃도 피고 어릴 때의 눈물도 얼룩지고
건방진 지식인도 가끔 지나간다
기억처럼 강물이 흘러간다
내가 아는 척할 땐 모든 것들은
어느새 아무도 없는 빈 곳이 된다.

가을 바다 앞에서

네 앞에 서면 할 말이 없다
햇빛이 눈부셔도
바람이 불어도
물결이 밀려와도
말하지 않으면
너는 더 짙푸르다
내 속에 들어 있는
모든 푸르름도 향기도
스르르 풀려 나온다
어느 뒤뜨락에서 만져 보았던
저 깊은 하늘도
그 속에서 반짝이던 것들도
알알이 백사장에
떨어져 있는 게 보인다.

바다를 만나

푸른 거인이여
나도 거인이 되고 싶다
네게 무슨 말을 해 볼까
거인은 귀가 먹었나
내게 거대한 몸짓과
막막한 말 뿐
그 몸짓에 엎혀 있는
저 푸르른 말을
알 듯하다가도
네 몸짓에 무너져 버린다
나도 귀먹은 벙어리다.

무너진 그곳에

어제는 태풍이 지나갔다
그대 떠난 길은 무너지고
무너진 길바닥에 작은 경련들이 일고
경련 끝에 어릴 때 보았던
무지개가 피어 있다
바다 물결이 휘몰려 용솟음 치던 곳에
너의 하얀 살결이 묻어 있고
산협 철길이 잘려나간 끝에
너의 간절한 기도가 매달려 있다
너는 피맺힌 맨발로
이 산천을 기웃거리며 눈물짓는다.

봄 연못가에서

봄 연못가에 앉아
확 트인 하늘과
다 풀린 연못 물을 바라본다
언제 우리 저렇게
막힘없이 틔어서 있었던가
저렇게 한량없이 설레어 출렁거리며
부끄럼 없이 반짝여 보았던가
안뜰 혼례석에 다소곳이 숙인
누나의 눈에 잡힌 봄빛이었을까
호남벌 동학군의 함성이었을까
안 뜰에 핀 냉이 꽃도
장롱 속의 중의적삼(고이적삼)도
부끄럼 없는 빛이여
설레어 출렁거리는 물결이여.

하늘 한 켜

지붕 위에 하늘 한 켜
떨어지는 솔방울 위에 하늘 한 켜
이슬 맺힌 꽃잎 위에 하늘 한 켜
흔들리는 풀잎 위에 하늘 한 켜
흐르는 강물 위에 하늘 한 켜
천둥 바람소리 위에 하늘 한 켜
켜켜이 쌓인 하늘마다
그대 이름과 별과 이름 모를
설움이 쌓이고
불빛 고운 강물들이 뒤섞여 흐르고
아! 켜켜이 또 쌓이는
저 익명의 신비함이 깊어지고
하늘은 한량없이 높푸르다.

푸른 치마결로

바다에는 푸른 허망과 푸른 꿈이
얼려 있고 건너지 못하는 갈망이 깊겠지
나뭇잎이 여기서 나부끼면
저만치 수평선이 조금씩 흔들려 줄까
바다에는 가마득한 새 한 마리
바다에는 우리와 만났다 떠난
멀고 먼 시간들이 출렁거리겠지
바다에는 어머니가 입어 보지 못한
반짝이는 비단결이 겹겹이 나풀거리고
크고 싱싱한 고래 한 마리가
붉은 꽃잎을 물고
푸른 치마결로 미끄러지는
깊은 물길이 보인다.

3. 흔적

다리안 폭포

小白山國立公園 북부 권역에
천동동굴과 천동계곡
그 어중간한쯤에
다리안 폭포가 쏟아진다
다리안 폭포수는 삼단 폭포수로
무지개다리 안쪽 희부연 바위에
꽂히고 꽂히고 또 꽂힌다
바위는 여체의 깊은 구릉으로
허옇게 굼틀거리지만
폭포수는 막무가내로 바위에
무엇을 더 뚫을 속셈인지……
넋을 잃고 구름다리 난간에
다리안 절벽으로 쏟아지는
흰 물보라와 아우성을 본다
문득 우러르니
아득한 벼랑 끝에
귀먹은 고로쇠나무가
물안개 사이로 빙긋이
손을 흔들고 있다.

마애불

신문지 한복판에
들어앉은 마애불
반쯤 뜬 눈꺼풀로
문득 구름이 지나가고
버즘 먹은 얼굴 위로
곧 구름이 사라져 버릴라
패랭이 꽃이 바람에 흔들린다.

천지연폭포 앞에서

실망할 것도 없이 쏟아지는 것
부러울 것도 없이 내리 닫는 것
보는 것만으로도
모든 해답이 보이는 것
저 떨어지는 물줄기 속에
피어오르는 물보라 속에
새처럼 구름처럼
부서진 어깨로 날개로
날아가는 작은 무지개.

청포대 일몰

서해
청포대 일몰에 젖는 바다
저 밀물과 썰물에 이는
물거품 속으로 붉은 해가 지고
불붙는 노을 속으로
반짝이는 물결처럼 흔들리며
연인들이 걸어간다
그들은 무슨 언약을 맺고 있을까
물거품이다가 노을이다가 불꽃이다가
아지랑이처럼 아른거리는 바다
우리는 천천히 아주 천천히
잔잔한 매듭을 풀며 손을 흔들며
눈부신 바다 속으로
잠기어 간다.

南海島 錦山

山을 오르면서
여기 이렇게 아름답고
큰 산이 있구나
눈부신 바다의 물빛과
향기로운 나무와 풀잎을
흔드는 바람
산이 속을 비운 듯
오르는 발끝마다 쿵쿵
파도소리가 차인다
윙윙 바람소리가 울린다
南海 한가운데 錦山
錦山 한복판에 南海
서로 눈부시게 출렁거리는
南海島 錦山
독경소리 깊어
바다 물결이 더 멀리멀리 푸르다.

샘

내 어릴 적 고향 뒷산 골짝에
작은 옹달샘이 있었다
샘가의 풀섶이나 덩굴 숲에선
늘 작고 귀여운 새 떼가
포롱포롱 날아오르고 재재거렸다
빨간 망개 열매나 싸리꽃이 불러온 걸까
엎드려 물을 마실 때면
샘 속에 내 얼굴과
구름과 싸리 꽃들이 함께 나타난다
샘은 늘 바위틈에서 퐁퐁 솟아올라
나를 신기하게 하고 들뜨게 했다
끊임없이 솟아오르는 것은
지금도 가슴이 두근거릴 만큼 설렌다
詩가 솟아오르는 영혼의 맑은 詩샘
그곳에 엎드려 입을 대고
늘 맑은 詩를 들이마시고 싶다
내 고향의 옹달샘.

오하우섬에서

—로얄프리즈마 꽃

시나브로 내리는 가랑비
붉고 커다란 꽃 로얄프리즈마
폴리네시안 女人의 가슴보다 엉덩이보다
더 크고 더 출렁거리는 꽃
치마폭의 더운 꽃송이들은
따뜻한 바닷바람에 펄럭거리고
촉촉이 비에 젖어 반들거린다
알로하! 알로하! 하얗게 웃는 물결이
로얄프리즈마 꽃가지 사이로 눈부시다
붉고 커다란 로얄프리즈마 꽃
그 큰 꽃송이 속에 빠지고 싶은
푸르게 푸르게 파도치는 바다.

* 로얄프리즈마 : 하와이에 피는 꽃나무로 1년에 세 번 핌.
* 알로하 : 하와이 원주민 폴리네시안들의 인사.

麥秋

화폭에만 남아 있는
저 황금물결 속 잃어버린 시간은 깊다
보릿고개로 넘어가던 노을빛
가파른 숨소리가 들린다
개 패듯 패대는 보리타작
더운 깔끄랭이 피어오르는
먼 도리깨 후려치는 한낮
흰 들찔레 꽃들이 화들짝 피고
칙칙폭폭 검은 열차가 산과 들을
겁 없이 뭉청뭉청 잘라 지나가고
서늘한 보릿가을 바람에
가고 오는 이 없는 횡한
보릿고개.

感恩寺 雙塔

아득히 바라뵈는 동해
물결 위에 떠 있는
感恩寺터 두 개의 雙塔
그 날개도 커서
동해 갈매기보다
나는 품새가 더 좋다
날개에 얹혀 날아가고 싶은
수중릉 대왕암의 꿈
사바세계의 돌날개를 타고
文武大王이 하늘로 날아간다.

알함브라 궁전에 봄비 내리고

지상에서 가장 아름다운
숲 속 알함브라 궁전에
흥건히 봄비는 내리고
깊은 구중궁궐 속에서 건강한 왕자는 태어난다

알함브라 궁전에
향기로운 봄비는 젖고
우리들은 왕자의 궁궐 속에서
술잔에 꽃을 따 넣으며
밤새도록 축배를 든다

알함브라 궁전에
봄비는 속삭이고
몽롱한 꽃잎이듯
활짝 핀 왕비는
지상의 가장 아름다운
어머니가 된다.

* 알함브라 궁전 : 스페인의 그라나다에 있는 이슬람 왕국의 궁전으로 13세기에 건축되었으며 정통 이슬람 미술의 대표작임.

金春洙

김춘수 선생님께서
위독하시다는 조간 신문기사를 읽고
깜짝 놀라며
망연히 창밖을 바라보았다
立秋의 뜨락에 노오란 원추리 꽃
한 송이가 풀 속에서 하늘거렸다

열일곱 번째 새로운 시집
『달개비 꽃』 출간을 준비 중이시라고……
가을 하늘보다 푸른 달개비 꽃
내가 원추리 꽃의 이름을 불러주듯이
선생님께서 달개비 꽃 이름을
불러주셨으면 좋겠다
달개비 꽃아!

散調

가야금 줄을 뜯고 있는
하얀 손의
사뿐이 튕겨오르는
저 무한공간의 흔들림
…………
가야금 줄을 짓누르는
저 가녀린 손가락의
아득히 빠져드는
막막한 힘겨움
………….

네 눈빛이 너무 맑아

네 손은 너무 부드러워
윈 세상을 만들고도
이렇게 곱구나
네 손을 잡고 있으면
물결쳐 오는 힘이 있어
가슴이 울렁거린다

네 말은 너무 따뜻해
맵차고 찬 세상을
꿀맛같이 박하향 같이
나무도 아파트도 골목길도
소곤거리며 소곤거리며
네 곁에 있고 싶다

네 눈빛은 너무 맑아
어둡고 눈비 와도
실타래 얽힌 길을
그것들의 막막한 가슴
별빛이 되고
꽃잎이 된다.

너는 하얗게 웃고 있다

달밤
너는 하얗게 웃고 있다
수고양이를 부르는
눈에 파란 불을 단 암고양이가
달빛 어른거리는
검은 나무밑을 지나
휙 하늘로 날아간다

달밤
너는 공원에서
하얗게 웃고 있다
암고양이보다 더 아름다운 노래로
더 환한 불을 밝힌 눈으로
달빛이 어른거리는 나무밑
긴 벤치에 너는 앉아 있다
네 조금 풀어헤친 옷자락에서
아득한 달빛이 녹아내린다.

삽화

꿈속인가
생시 같다
어느 외진 산비탈
흰 눈이 깊이 쌓이고
내가 걷는 발자국이
움푹 파여 남아 있다

정갈한 기억처럼
뚜벅뚜벅 찍혀 있고
나는 혼자 하얀
눈비탈길을 간다

하얗고 하얀 세상에
나 혼자 검다
조금은 두려운
한 장의 삽화.

화성의 사막

어느 조간신문 앞면에
화성의 모래언덕 사진이 눈부시다
미국의 탐사로봇 오퍼튜니티가
화성의 인듀런스 분화구에서 촬영한 것이라 한다
지구상의 사막과 같은 모양의
모래 물결이 너무 정갈하고 아름답다
내 머리 위 행성에서 돌고 있는
사막의 모래 물결을 보면서
그곳에도 바람이 불고 있다
이름 모를 꽃이 피고 지는지
어딘가 숨어 있을 사막의 여우에게
묻고 싶다 물어보고 싶다
언제쯤 도착할 지 알 수 없는
회신을 기다린다 해도
저 아름다운 모래 물결 무늬는
끝없이 변해가고 있겠지.

河回마을에서

강물이 휘돌아 돌아간
河回마을은 푸르고 깊다
싱긋이 웃는 하회탈
불룩불룩 부푼 벼이삭
강폭은 넓고 백사장은 길다
순순히 굽이굽이 푸르른 강물은
양기슭에 기암절벽 芙蓉臺와
낙락장송의 울울한 솔숲을 거느렸다
이제 한 떼의 학이 날아오르듯
웅장한 기와집들은 활짝 날개를 폈다

秋坡集을 읽고 있는
河東古宅의 하얀 선비
北村幽居 깊은 고요의 골기와집
南村宅 뒤뜰에 치솟은 대숲
立巖古宅 안노인의 정갈한 모시적삼
西厓 선생 유품이 장중한 忠孝堂
흙돌담길 구불구불 돌아
땀을 씻고 河中宅 마루에 앉아
시원한 콩국수를 마시며

튼실한 모과와 흰 옥잠화를 본다
절절한 매미울음 속
맑게 높아가는 처서의 하늘을
우러러…….

예감

84

오늘은 어쩐 일인지
오랜 친구로부터
배신당할 거란 예감에
기운 빠진 모습으로
창밖을 바라보았다
노오란 원추리 꽃과 참나리 꽃이
하늘을 우러르는 내 눈길을 붙잡고
그저 원추리 꽃이다 참나리 꽃이다 하라 했다
말도 하지 못하고 움직이지도 못하고
친구가 몽땅 가져가버린
원추리 꽃과 참나리 꽃
그 이름도 고운 딱정벌레 이름도
바람도 하늘도 모두 껍질만 남아
둥둥 창밖에 떠돈다.

지나가는 것들

가을 낙엽이 떨어지고
바람이 불고
낙엽 밖의 무엇이 무엇이 떨어지고
낙엽이 굴러간다
또 무엇이 무엇이 뒤따라 굴러가고
쇠불알만한 검은 이국종 개가
그 나무 밑을 지나간다
고삐도 없이 혼자 떨어진 개
이국의 나무 밑을 지나간다
이름도 모르는 모든 것들이
몰래몰래 뒤따라 지나간다
낯선 적막 속으로…….

폭설

눈은 퍼붓는다
숨막힐 듯 퍼붓는다
모두 넋을 놓고 흰 눈에 묻힌다
소나무는 더욱 청청하고
눈 속에 몹시 힘겹게 휘어지고
낙락장송들은 이제사 한세상
할 말을 모두 쏟아낸 듯
숨을 죽이고 서로의 어깨를 부빈다
흰 눈에 뒤덮인 솔숲
우리들의 언약은 저렇게 쏟아붓듯 희고
저렇게 청청하게 짙푸르러
여한 없이 쌓여가고 치솟음이여…….

客席

객석은 무대와 마주보고 있다
객석의 도열은 의자와 의자 사이의
간격 또 그 너머의 간격
그 팽팽한 긴장으로
무대를 압도한다
무대는 그 긴장된 힘을
휘저어 놓을 양으로
비웠다 채웠다 일어서다 넘어지다
또 춤추며 웃는다

객석은 스스로의 일사분란한
서열과 형상의 틈으로 버티지만
쏟아지는 조명과
무용수의 치맛바람과
소프라노의 창끝을 의식하며
언제 무너질지 알 수 없는
공포 속에 전전긍긍
진땀을 흘리고 있다.

청동빛 그 겨울

88

희뿌연한 산이
말없이 앉아 있다
강물이 짙푸르게 춥다
그 사이를 비집고
목도리를 한 사람이
구부정하게 지나간다

바람에 날려갈 듯한 가벼움
무소식은 너무 막막해
그 속으로 날아가는 새 한 마리
쩡쩡 얼고 있는 놋쇠 부딪는 소리
빈 하늘과 숲과 들판.

키가 큰 아이

멀쑥이 훌쭉 키가 큰 아이
그를 뒤따르는 바람도 휘청거린다
턱수염이 거뭇한 멋쟁이
서글서글하고 의협심이 강한 아이
봉사하는 일이 즐거운 자상한 아이
날씨가 조금만 추워도
안부를 전해 오는 따뜻한 아이
인천 바다회와 꽃게를 사 들고
명절에 휘적휘적 오는 아이
나는 그의 카메라 앞에
코트 깃을 세우고
근엄하게 서 보지만
왠지 마음이 아리다
그와 먼 산을 바라보면서…….

古城

저 입다문
돌덩이들이 화살을 맞고
울었던 속울음은
푸른 하늘 속이나
古木 속에 숨었다
달밤이나
겨울 눈보라 속
목쉬어 우는 소리가 되어
깊이 어리우는 달빛이 되어…….

東軒 뜰

가을 바람 불고
뜰에 부시는 가을 볕에
모두 평안하신가
후박나무 느티나무 은행나무잎
노랗게 붉게 흩날려
더 헐렁한 하늘에
쩌렁쩌렁 울리는 결기
흩날리는 낙엽 한가운데
고목가지 끝 하늘은
푸르름이 너무 깊어 시리다
두리기둥의 까칠한 살결을 짚으니
우린 서로 사랑하고 상처주며
이 깊은 가을 바람 앞에 섰구나.

불꽃이 나지 않게

92

창 밖의 나무와 새를 바라보며
내 가슴속의 꽃을 가꾼다
아무도 몰래 눈짓 하나도 끼워 넣고
비가 오거나 눈이 내려도
아랑곳하지 않는 꽃
펄쩍 뛰면 우루루 쏟아질까
큰 소리치면 우수수 부서져버릴까
나는 조용히 걸으며 생각한다
입을 꼭 다문 채
불꽃이 나지 않게…….

꽃과 가을, 관조의 길

—양채영의 시세계

홍 신 선(시인)

1.

일여(一如) 양채영 시인의 근년 시들은 대체로 '비워내고' '가벼우며' 또 '날기'도 한다. 그리고 그 비워내는 자의 정서인 쓸쓸함과 적막이 깃들어 있다. 시인의 말마따나 '황혼녘의 할 얘기들을' 넋두리를 피해 모두 작품에 담아내고 있는 탓이다. 황혼녘 이야기들이란 으레 그런 정서들을 담기 마련 아닌가? 이미 시력(詩歷) 40여 년을 넘긴 그에게 나름대로 할 얘기가 왜 없겠는가마는 그 얘기란 게 실은 부질없는 것 또한 잘 알고 있는 것이다.

양채영은 지난 세기 중반인 1966년 김춘수의 추천으로 우리 시동네에 전입해 왔다. 당시 갓 출범한 시 전문 월간지 『시문학』을 통해서였다. 그 이전에 그는 『문학춘추』에 초회 추천을 받기도 했지만 그 잡지의 단명으로 시동네 전입 수속에 다소 차질이 빚어진 것이었다. 그런 등단 과정을 거쳐 오늘에 이르기까지 그는 아호에 걸맞게 한결같은 신실한 시적 태도를 견지해 오고 있다. 이번 시집까지 9권의 시집을 상자한 그의 문학적 체적은 다른 일군의 시인들에 견주어 결코 크고 많은 것이라고는 할 수 없으나 간단없이 한결같은 시업을 영위해 온 것이다. 그 지속적이며 한결같은 시업은 그의 사람됨이나 문학에 대한 열정이 어떤 것인가를 단적으로 보여준다.

나로서는 이런 자리에서 하기 부끄러운 고백이지만 양 시인에게 지고 있는 마음의 빚 하나가 있다. 그것은 신년 새해면 어김없이 오는 연하장에 관한 것이다. 그는 내 답신이 있건 없건 한결같이 연하장을 보내왔고 나는 그때마다, '아이쿠 우리 양 선생' 하며 송구스러워하곤 했다. 내가 아는 일여 양채영 시인은 그런 사람이다. 이 간단한 사실 하나로도 그동안 나는 이 시인의 시와 인물됨을 가늠하고 또 선망하고는 했다.

말이 다소 에둘러지긴 했지만 그런 양채영 시인의 근년 시작품들을 읽으며 나는 나름대로 쓸쓸함을 감출 수 없었다. 그 쓸쓸함은 서두에서 말한 그대로 작품에 짙게 묻어 있는 황혼기의 고적감과 페이소스에서 오는 것. 일반적으로 황혼기의 고적감은 현실로부터의 격절감이나 주변인들로부터의 소외로부터 온다. 일단 현실의 중심부 내지 당대의 현장에서 자신이 벗어나 있다는 사실에 대한 정서적인 반응인 것이다. 그러나 이 같은 일반적인 경우보다 그의 정신이 고차의 것이어서 주변인들의 이해를 얻지 못하는 경우가 보다 근원적이고 심원한 고적감이

리라. 양채영의 경우는 이 후자에 해당한다. 이는 달리 말하자
면 그가 시력 40여 년을 넘기면서 보여준 정신 경영이 현실 속
에서 웅숭깊은 지인들을 많이 만나지 못한 나머지 겪는 일이라
고 할 것이다. 이러한 고적감은 특히 이번 시집에서 집중적으로
드러난다. 그것도 자연의 이법을 순명으로 받아들이는 데서 오
는 것. 여기에다 그는 특유의 '비워내고' '나는' 상상력을 대동
한다. 다음의 작품을 보자.

> 꽃망울 부풀면 걱정된다
> 꽃 피면 며칠 있지 않아
> 꽃이 질 텐데
> 그래도 꽃이 피고
> 세상은 환하게 꽃 속에 파묻힌다
> ―「개화」 중에서

이번 시집에서 1부를 이루고 있는 꽃시들 가운데 한 작품이
다. 화자는 꽃이 피면 이어서 진다는 사실을 잘 안다. 피면 진다
는 평범한 이 사리(事理)는 경험을 통해서 누구나 잘 알고 있는
일이다. 또 그것이 자연의 이법이고 아무도 어떻게 변경할 수
없는 절대적인 사실임 역시 잘 안다. 이 같은 경험칙을 알고 있
는 화자로서는 꽃망울을 보며 기뻐하거나 놀라워하기보다 걱정
부터 앞세운다. 그러나 막상 그 걱정이란 얼마나 부질없는 것인
가. 범박하게 말해자면 피면 진다는 것을 알면서도 끝끝내 피는
것이 꽃이고 자연이다. 그래서 '세상은 환하게 꽃 속에 파묻히
게' 마련이다. 그것이 비록 허무한 짧은 순간에 지나지 않는다

해도 그렇게 파묻힌다. 피면 진다는 것을 알지만 그래도 피는
것—이는 자연이 우리에게 보여주는 아이러니라고나 할까.

　아무튼 이 같은 일련의 현상들은—거듭되는 소리지만—자연
의 움직일 수 없는 이법이다. 그리고 이러한 꽃의 이법에서 유
추한 우리 삶 또한 예외일 수 없다. 사람 역시 죽는 줄 알고 있
으면서도 태어나 살게 마련이다. 또 그렇게 살다 죽는다. 사람
살이의 원리도 결국 자연의 이법에서 결코 한 치를 벗어나지 않
는 것이다. 어찌 보면 평범한 이런 이법들을 실감을 통해 발견
하는 것이 삶의 황혼기에 흔히 말하는 삶의 관조이고 달관일 터
이다.

　굳이 꽃 피는 일 뿐이겠는가. 양채영은 자서에서 말하듯 '하
늘, 새, 바다, 강물, 가을' 등등 삼라만상 모든 것이 바로 이러한
자연이법의 표상임을 깨닫는다. 그러나 달관의 정서는 필자에
게 동병상련이겠지만 쓸쓸함과 페이소스에 젖게 한다. 하지만
이런 정서적 반응을 넘어선 데에서 그의 관조는 시작된다. 다음
의 시를 읽어 보자.

　　가을 산비탈에 서 있는 낙엽송
　　비탈에 서 있어 더 커 보이는 나무
　　무언가 쏟아질 듯 두근거린다
　　수척한 나뭇가지 사이로 넓어지는
　　하늘이 더욱 허전한 할 말이 많다
　　아직 살갗 냄새가 덜 사그라진
　　저 무욕의 빈 전답 위 한 차례 바람
　　골똘히 한 차례 어디론가 걷고 있는 길

모두 모두 손을 놓아버린 것들이
빈 것들이 가득히 괴어 있는
이 적막한 산야의 향기와 빛
서로 잊어버린 것들 사이에 가로놓인
이 거대한 빛과 바람의 실루엣.
　—「가을의 빛과 바람」 전문

인용한 작품에서 화자는 가을날 낙엽송과 빈 전답을 매개로 무욕의 세계가 어떤 것인가를 문득 발견한다. 그 무욕의 세계는 '모두 모두 손을 놓아버리는 데' 서 눈앞에 펼쳐진다. 우선 잎을 털고 선 낙엽송이 그렇고 추수가 끝난 전답이 그렇다. 이들은 소중한 잎이나 자신이 키운 작물들을 집착이나 미련 없이 버린다. 그렇게 자신의 일부나 소유물을 버림으로써 무욕의 정황이 어떤 것인가를 보여준다. 물론 가을이 조락의 때이며 동시에 결실의 시기임을 생각하면 이 같은 화자의 발견은 어쩜 당연한 것인지도 모른다. 그러나 그 무욕의 세계를 '거대한 향기와 빛' 자체로 성찰하는 데에서 화자는 그 당연함을 뛰어넘는다.

말하자면 범상한 대상에서 범상하지 않은 초월적 의미를 발견하는 것이다. 왜 무욕의 세계는 거대한 향기와 빛인가. 이 작품의 겉문맥에 그 자세한 사연은 나와 있지 않다. 다만 '빈 것들이 가득히 괴어 있다' 는 어구에서 우리는 나름대로의 가늠을 할 뿐이다, 특히 '괴어 있다' 란 시어가 그 같은 가늠을 가능케 하는 단서이다. 사전적인 풀이로 하면 '괴다' 는 1)우묵한 곳에 액체가 모여 있다 2)발효하다 등등의 뜻을 갖는다. 작품 해석에는 어느 의미로 풀이해도 전체 문맥을 읽는데 별반 문제되지 않

는다. 다만 '향기' 라는 후각적 이미지를 고려한다면 '발효하
다' 가 보다 함축적 의미로 읽힐 것이다.

　그렇다. 가득히 고인 빈 것들이 발효하면서 진동시키는 가을
날의 향기라니! 그래서 가을날 빈 것들의 무욕한 세계는 빛으로
환한 위에 향기마저 더하고 있지 아니한가. 아마도 이것이 화자
가 우리에게 보여주고 싶은 진정한 가을날의 정경이리라.

　일찍이 조주 선사는 '방하착(放下着)' 하라고 대중에게 일렀
다. 집착과 미련을 버리고 손에 든 욕망을 내려놓으라는 소리인
것이다. 욕망에서 벗어난 것이 해방이고 자유이다. 그리고 이
같은 정신적 해방과 자유야말로 인간이 지향해야 할 최종의 목
표일 터이다. 하지만 말이 쉽지 우리가 욕망을 비운다는 일이란
얼마나 지난한 일인가. 하기 좋은 말로 지난하기에 더 값지고
바람직한 일은 아닌가. 아무튼 사람이 가을처럼 자신을 '비우
는' 일은 결국 가벼워지는 일이면서 동시에 '나는' 일이기도 하
다. 양채영은 그런 마음의 틀을 다음처럼 제시한다.

이 가을 친구와의 약속에서 바람맞고 나와
올려다보는 가을 하늘은 어찌 그리 더 높고 휑하니 비어 있는지
앞산 중턱에 갈참나무숲들도 누르스름
중천을 날아오르려는 듯 몸무게를 줄이지만
그래도 하늘은 너무 아득하게 비어 있다
지상의 모든 것들은 바람맞아 모두
허공중으로 떠오를 준비에 텅텅 속내를
비우려 한다
비어 있는 곳의 저 아리고 아린 바람처럼

누가 저 바람의 빛깔이나 몸체를 짐작이나 하려나
　　―「가을 바람」 중에서

　이 작품 역시 가을을 매개로 '비어냄'과 '날아오름'을 제시
한다. 다만 그 계기가 인간에게 배신당하는 '바람맞기'에 있을
뿐 가을의 일반적 정황에서 비어냄과 날아오름을 상상하는 일
은 같다. 그런 점에서 이 작품은 인간/자연의 짝패를 내장하고
있다. 특히 깨진 약속을 아파하는 화자의 마음의 공허는 그대로
높게 그리고 휑하니 빈 가을 하늘에 대응된다. 그러는 한편으로
가을 하늘처럼 되기 위해서는 갈참나무가 몸무게를 줄이듯 자
신의 집착과 미련을 떨쳐야 함을 깨닫는다. 말하자면 갈참나무
를 통해서 에둘러 그런 화자의 마음의 작정 내지 당위를 우리에
게 넌지시 제시하고 있는 것이다.
　그러나 그런 '방하착'이 쉽고 편안하게 이뤄지는 건 아니다.
거기에는 겉으로 드러나지 않는 '아리고 아린' 마음의 극(劇)
이 펼쳐지고 있는 탓이다. 그 극은 워낙 내면의 것이다 보니
'누가 저 바람의 빛깔이나 몸체를 짐작이나 하려는가'라는 탄
식마저 동반한다.
　이상에서 우리는 양채영의 이지음 정신적 주소가 어디인가를
더듬어 보았다. 그것도 일상의 이러저러한 집착과 미련을 벗어
나 정신의 해방과 자유를 누리고 싶어 하는 저간의 연유를 살펴
본 셈이다. 이는 주로 이번 시집 2부의 시편들, 그것도 가을에
관한 작품들을 웅숭깊게 읽을 때 드러난다. 그리고 가을의 시편
들 대부분이 '비워냄'과 '가벼워짐', 더 나아가 '나는 일'에 그

상상력이 닿아 있음을 알 수 있다.

  2.

  이번 시집에도 꽃들에 관한 시편들이 어김없이 많은 것을 나
는 주목한다. 주로 1부로 묶인 작품들이 꽃시편들인데 양채영
의 꽃에 대한 시적 관심은 시집 『은사시나무 잎 흔들리는』
(1984) 이후부터라고 할 것이다. 이들 시편들은 연작의 형태를
빌린 것도 아니면서 꾸준히 씌어져 오고 있다. 한 대상에 대한
지속적인 관심은 시인 누구에게서나 정도의 차이는 있지만 쉽
게 발견되는 현상이다. 그리고 이 관심은 시인의 시세계를 들여
다보는 데 다른 무엇보다도 유익한 단서를 제공한다. 널리 알려
진 대로 서정주의 신라나 김춘수의 처용 등이 그들 시세계의 중
심에 놓여 있다는 사실이 그 한 예이다.
  양채영의 경우도 크게 다르지 않다. 꽃에 대한 시적 관심 내
지 상상력 역시 양채영 시세계의 중심에 놓여 있는 것이다. 물
론 「섬」이나 「선 · 그 눈」 등 연작의 형태를 띤 일련의 작품들
이 있지만 우리가 읽기에는 꽃 시편들이 훨씬 더 지속적이면서
다채로운 색깔을 보여준다. 벌써 20년 전에 핀 꽃 하나를 만나
보자.

　　늦여름 장마는 하염없이 떠나고
　　눈에 익은 野山들은
　　앞정갱이가 벗어지고
　　가을께로 들어설까 말까,
　　무릎은 쓰라려

기댈 곳도 없이 망설이는 때
또 한 번 뒤돌아보면
아, 네 혼자 손짓하는
碧紫色 하늘 속속들이
軍靴와 총소리와…….
―「도라지 꽃」 전문

후미진 야산 기슭에 핀 늦여름 야생 도라지 꽃을 글감으로 한 이 작품은 생략과 압축이 돋보인다. 우선 작품 후반의 말줄임표로 대표되는 생략이 인상적이다. 지난 전쟁의 기억을 화자는 이 꽃의 색깔을 통해서 떠올리지만 그 전쟁은 명시적으로 진술되지 않는다. 대신 말줄임표로 간단히 생략된다. 이미 많은 읽는 이들이 공유하는 기억이기 때문이다. 화자는 전쟁의 참상을 벽자색 선명한 꽃 색깔을 보며 떠올린다. 곧, 당시 모든 산야에 얼룩졌던 초연과 핏빛 등을 꽃의 벽자색을 통해 연상하는 것이다. 아니 범박하게 말해 도라지 꽃을 보면 그 옛날 전쟁의 기억이 아슴하게 떠오르는 것이다. 여기서 우리는 도라지 꽃이 단순한 심미의 대상이 아니라 역사적 차원의 존재로 읽히고 있음을 알게 된다.

한편 이 작품의 앞부분은 기억의 전유를 위해 시간과 공간을 절묘하게 의인화한다. 곧 늦여름 장마가 끝난 '가을께로 들어설까 말까' 라는 시점이나 앞기슭에 수목이 없는― '앞정갱이가 벗어진' ―야산의 정경 묘사 등이 그것이다. 잘 알려진 대로 시의 표현 원리로서의 생략과 압축은 읽는 이들에게 일정한 상상 공간을 확보해 준다. 왜냐하면 그 생략과 압축부분을 읽는 이들이 자신의 상상력을 통해 복원 내지 풀어 읽어야 하기 때문이다. 이 같은 표현 원리는 따져 올라가자면 양채영의 초기 시에서 더욱 정채를 발휘한다.

그의 시적 출발은 아는 이들은 다 아는 사실이지만 지난 1950년대 모더니즘의 자장 안에서 시작된다. 당시 김춘수 시인의 추천을 받으며 시작 활동을 한 그는 드라이하면서도 간경한 시 스타일을 보여주었다. 그 무렵 서정시들이 보여주던 질척대는 감정을 걷어낸 대신 기상(conceit)에 가까운 이미지 연결을 여러 작품에서 선보인 것이다. 이를테면,

그
南港의
뱃고동은 가볍고
親近해 오는
그 바람기에
조금씩
뜨는
뱃전에
하얀 뱃전에
해감내가
무성해 오는
三月의
열리는 바다,

그 가시내의
한 아름

쪽빛 머릿단에
내 한 마리 生鮮은 튀고
까칠한
혓바닥에
質 고운 白沙場을
묻히는
滿潮.
―「三月·바다」의 일부

　와 같은 작품이 내보이고 있던 시적 특장들이 그것이다. 서술적 이미지들을 축으로 봄 바닷가 내항의 정경을 선명하게 그린 이 작품은 어떤 관념이나 정서의 직접적 진술을 전혀 보여주지 않는다. 다만 세부를 날카롭게 포착한 서술적 이미지들을 중심으로 내항의 정경을 마치 한 폭의 그림처럼 그려낼 뿐이다. 이 같은 시법은 일찍이 정지용 후기 시가 선보이기도 했던 것이다. 굳이 따지자면 정서의 도피를 미덕으로 여긴 영국 모더니즘의 주지적 시작 태도라고 할 것이다. 그리고 이 같은 태도 위에다 개념상 거리가 먼 이미지들을 폭력적으로 결합하는 기법이 활용된 것이다. 잘 알려진 대로 이런 작품은 일차적으로 정서나 분위기의 환기에 치중하게 마련이다.
　인용한 작품 역시 내항에 정박한 배들이 가벼운 봄바람에 일렁이는 모습과 해감내, 튀는 생선 등을 통하여 봄날 바다의 정취를 환기시켜 준다. 그러나 주의 깊은 독자라면 이러한 산문적인 번역보다는 머릿단과 생선, 혓바닥과 백사장 등의 상호 거리가 먼 이미지 간의 돌올한 연결, 또 시적 주체의 외계/내부 조

웅이 빚어내는 효과에 보다 더 주목할 것이다.

뿐만 아니라 이미지의 돌올한 연결 사이의 생략과 압축을 풀고 복원하느라 고심할 것이다. 지난 60년대 시적 유행인 절연의 미학 내지 슈르적 기법은 정도의 차이는 있을지언정 당시 젊은 시인들에게 일정한 영향을 드리웠다. 양채영의 경우도 이에서 자유롭지 않았다. 그의 시의 압축과 생략 역시 툭툭 끊어진 어구들의 연결 내지 병치의 형식을 취한다. 그것은 우리가 간경하다는 말로 지칭해도 크게 잘못된 표현이 아닐 터이다. 한편 이 간경한 시적 문체에서 함께 지적해야 할 사실은 그의 남달리 탁월한 언어감각이다. 그 감각은 말의 오랜 조탁을 통해서 얻어진 감각일 터인데 마치 일물일어설처럼 우리의 의표를 찌르는 가운데 적확한 언어구사들을 보여주는 것이다.

그런데 이 같은 그의 초기 시 문채(文彩)는 이번 시집에서는 많은 변모를 보인다. 이미 이 글의 모두에서 읽은 「개화 1」의 경우처럼 훨씬 완만하고 편안해진 것이다. 그것은 양채영의 살아온 시간 탓일 수밖에 없다. 그도 이제 시력 40여 년을 헤일만큼 나이가 든 것이고 자신의 표현대로 삶의 '황혼'을 맞이하고 있다. 이 연륜을 살아내며 그는 나름의 시적 변모를 이룩한 것이다. 곧, 정신의 해방을 위해 마음을 '비워내고' '가벼워진' 사실들이 그렇고 더 나아가 웅숭깊게 존재의 근원을 살피고 있는 일 등이 그것이다. 시적 대상들을 미학적으로 재구성—묘사하는 일에서 한 걸음 더 나아가 이제 그것들의 내면적 깊은 의미를 살피고 있는 것이다. 어떤 시편에서는 독자들을 이끌고 권유하기까지 한다. 이를테면,

이 봄 몸져누워 있는 이들은
그것이 사랑이든 아픔이든
저 밀려오는 물결의 반짝임이나
푸른 쑥들의 아우성을 들었으면 한다.
　　　―「쑥대밭에 앉아서」의 일부

와 같은 직접적인 진술 등이 그것이다. 묵은 쑥대들이 넘어지고 부서진 자리에서도 새로운 어린 쑥들이 떼 지어 돋아나는 정경 앞에서 그는 감격에 겨운 목소리로 이처럼 권유하는 것이다. 나이 든 사람 특유의 노파심이라고 할 수도 있지만 이러한 권유야말로 그가 대상의 내면을 깊이 들여다본 저간의 태도를 반영한다. 이는 달리 말하자면 그동안 시적 대상들을 심미적 대상에서 존재론의 대상으로 바꿔 보고 있음을 뜻하기도 한다. 또 이 변모야말로 실은 양채영 시의 문채를 완만하고 편안하게 바꿔 놓은 진정한 원인이기도 할 것이다. 끝으로 꽃시 한 편을 더 읽어 보자.

장마 끝에 확 핀
원추리 꽃이 눈부시다
멀리 떠나는 천둥소리 끝에
노오란 원추리 꽃의 귀 기울임
노오란 것과 아득한 것과
그것들이 함께 다가서는
이 더운 대낮

　어디 근심 걱정
　묻어둘 자리는 없나
　망우초 흔들리는
　가녀린 꽃그늘에나 둘까
　매미 울음 속에나 묻어둘까
　잊자 잊자 해도 아른거리는
　노오란 원추리 꽃의 하늘거림
　그 끝에 먼먼 천둥소리.
　　　─「원추리 꽃」 전문

　이 작품의 화자는 장마 끝에 핀 원추리 꽃을 바라보고 있다. 대표적인 늦여름 야생꽃을 보며 그는 장마를 몰고 다니는 천둥이 하마 멀리 갔음을 깨닫는다. 그러면서 원추리 '노오란 것'(신생)/멀리 간 천둥의 '아득함'(소멸)을 함께 마음속에 받아들인다. 이 신생한 것과 소멸하는 것의 동시적 현현을 통하여 그는 근심 걱정을 떠올린다. 겉문맥에는 드러나 있지 않지만 이 경우 근심 걱정이란 일상적인 것일 수도, 아니면 보다 근원적인 것일 수도 있다. 하지만 여기서는 근원적인 것─존재의 심연을 들여다볼 때 우리가 만나는 그 근심 걱정으로 읽어야 좋을 것이다.

　곧, 생성과 소멸, 나고 죽는 절대의 자연이법 앞에서 느끼는 공포나 불안으로 해독해야 하는 것이다. 화자는 새롭게 확 핀 원추리 꽃과 이제 장마와 함께 멀리 간 천둥에서 생성과 소멸을 함께 깨닫는다. 그리고 이 생성과 소멸이야말로 모든 존재들이 결코 해결할 수 없는 절대적 이법이며 그 해결 노력 역시 무위

의 일임을 안다. 화자는 그래 근심 걱정을 짐짓 망우초 그늘이
나 매미 울음 속에 둔들 무엇이 문제인가라고 말한다. 이미 그
는 인간으로서 풀 수 없는 문제라면 그것은 있는 그대로 적극
받아들이는 순명만이 최상의 길임을 살피고 있는 것이다.

　이 글의 모두에서 읽었던 「개화 1」의 경우처럼 양채영은 그
순명의 길이 어떤 것인가를 원추리 꽃을 통하여 역시 관조한다.
아마도 이것이 양채영 시업(詩業)의 근업일 터이다. 그럼에도
불구하고 필자 또한 나이 들었음인가, 그의 이번 시집을 통독하
며 쓸쓸함과 페이소스를 함께함도 숨길 수 없다.

　양형, 부디 훌륭한 시신(詩身)을 가꾸소서.